O MAIS LEGAL DO FOLCLORE

Luciana Garcia

O MAIS LEGAL DO FOLCLORE

Ilustrações de
Roger Cruz e Bruna Brito

1ª edição
Conforme a nova ortografia

Caramelo

Texto:
©2003 by Luciana Garcia
Ilustrações:
©2003 by Roger Cruz e Bruna Brito

Coordenação: Luciana Garcia
Suplemento de atividades: Luiza M. A. Garcia
Projeto gráfico e diagramação: Luciane Szabo
Capa: Daniel Rampazzo/ Casa de Ideias, a partir de
ilustração de Roger Cruz e Bruna Brito
Preparação: Thelma Babaoka
Revisão: Paula B. P. Mendes e Alexandra Costa
Impressão e acabamento:
Nywgraf

Dados Internacionais de Catalogação na Publicação (CIP)
(Câmara Brasileira do Livro, SP , Brasil)

Garcia, Luciana
O mais legal do folclore / Luciana Garcia ; [ilustração Roger Cruz e Bruna Brito]. — São Paulo : Editora Saraiva, 2012.

Bibliografia.
ISBN 978-85-7340-291-9

1. Folclore – Brasil – Literatura infantojuvenil 2. Literatura folclórica – Brasil I. Cruz, Roger. II. Brito, Bruna. III. Título.

03-1802 CDD-392.20981

Índices para catálogo sistemático:

1. Histórias folclóricas : Brasil : Literatura folclórica 398.20981

1ª edição/7ª tiragem
2018

Avenida das Nações Unidas, 7.221 – Pinheiros
CEP 05425-902 – São Paulo – SP
www.editorasaraiva.com.br

Tel.: (0xx11) 4003-3061
atendimento@aticascipione.com.br

CL: 810701
CAE: 576204

À minha **MÃE**,
minha editora particular;

Ao meu **PAI** e à **FABI**,
meu apoio moral;

À **DANI** e ao **VINCENT**,
meus queridíssimos consultores.

NOTA DA AUTORA

As informações sobre o folclore brasileiro, especialmente no que se refere aos mitos, variam muito de acordo com a região pesquisada.

A autora optou por manter ou a versão mais frequente nas pesquisas, ou a que melhor diferenciava os personagens entre si, segundo seus critérios.

SUMÁRIO

O MISTÉRIO DA TOUCA

Naquela quinta-feira de inverno, um lindo dia despertou o Saci, deixando-o de muito bom humor. O sol, porém, já deveria mesmo ser esperado, depois de uma noite clara e cheia de estrelas. A lua é que, por estar em fase nova, andava um tanto escondida ultimamente. Mas isso nem fez muita diferença: não chovia havia uma semana, e não parecia haver chance alguma de mudança no clima...

Ele se espreguiçou, todo sorridente, porque estava louco para aprontar com o pessoal da fazenda. Se fizessem outra torta de frango como a que ele tinha comido no final de semana passado então, melhor ainda! Estava macia e bem recheada, exatamente como ele mais gostava.

Levantou-se para pegar o cachimbo e outros acessórios e, de repente, levou um susto: a touca vermelha, fundamental em seu figurino básico, não estava lá!!! Olhou em todo canto, e nada de encontrá-la. Ali, na grama verde, ele a veria facilmente, ou mesmo na rede onde tinha dormido (sim, era “emprestada” da fazenda), mas não havia nem sinal dela.

Após alguns minutos, passada a surpresa, ele só pôde concluir uma coisa: alguém tinha pegado a touca! No entanto, que ser da floresta ousaria fazer isso com ele?... Procurou por ali e não viu nenhum indício que pudesse levá-lo a uma pista. A terra mantinha-se intocada: nenhum galho quebrado, nenhuma graminha pisada... E cada uma das tranqueiras que ele colecionava permanecia em seu devido lugar.

Depois de pensar em todas as possibilidades — prováveis e improváveis —, o Saci, que de bobo não tinha nada, claro, resolveu o problema: ia falar com o Negrinho. Sim, porque só o Negrinho do Pastoreio sabia fazer com que as coisas aparecessem. Então o Saci foi correndo, ou melhor, pulando, buscar a ajuda do amigo.

O Saci pulou, pulou e pulou pela floresta, porque preferia morar longe de tudo, no meio da mata fechada, onde não havia uma trilhazinha sequer. Lógico, senão o pessoal da fazenda encontraria todas as coisas que ele levava para lá.

No caminho, começou a sentir sede, mas sabia também que água não existia por perto: nem lagoa, nem rio, nem mar. O jeito era beber de uma vez a garrafinha de refrigerante que guardava para uma ocasião especial. (Sim, ele tinha pegado o guaraná na geladeira da cozinha da fazenda. Hum... Será que eles estariam se vingando?! Não... Eles nunca encontrariam o Saci naquele fim de mundo. E, se fizessem isso, teriam medo dele. É, teriam medo, sem dúvida. Não poderia ter sido gente vivente.)

Enfim ele encontrou alguns cavalos que descansavam perto de um formigueiro. “Agora estou perto”, pensou. Nem bem completou o pensamento, foi logo ouvindo uma vozinha simpática dizer:

— Posso saber o que você perdeu, Saci?

— Nossa! Nem deu tempo de eu falar!

— Bom, você sabe que todos me procuram quando perdem alguma coisa...

— É verdade. Foi minha touca que desapareceu. Você pode encontrá-la pra mim?

— Eu posso orientá-lo, mas farei isso apenas porque sempre ajudo as pessoas, e não por concordar com suas atitudes.

— Ah, você sabe que eu não faço mal a ninguém! Não vem com essa conversa, não!

— Roubar é crime, sabia?

— Mas eu só pego umas coisinhas emprestadas... Um dia devolvo tudo. E afinal, você vai me ajudar ou não?

Negrinho sabia que, no fundo, o Saci só queria mesmo se divertir, então não teve coragem de recusar ajuda. Ainda assim, para mostrar que não aceitava seu comportamento, foi logo avisando:

— Eu não vou encontrar a touca para você; vou ajudá-lo dizendo como recuperá-la.

E explicou seus planos para o Saci:

— Você vai reunir todos os suspeitos na floresta e investigar quem foi o culpado.

Claro que o Saci preferiria conseguir a touca de volta de uma maneira mais fácil, mas acabou achando que a ideia de rever o pessoal não seria totalmente ruim... Mesmo sabendo que um deles devia ser o suposto ladrão.

Era muito complicado reunir todos os seres fantásticos da floresta; isso só acontecia quando havia uma CPPI — Chamada Particular Para Investigação. E Negrinho era o responsável por convocar essas CPPIs: lutar pela justiça era com ele mesmo!

Algumas horas depois do chamado oficial, os suspeitos estavam reunidos: Lobisomem, Anhangá, Bruxa, Alamoa, Minhocão, Iara, Caipora, Mula sem Cabeça, Negro-d'Água, Mãe do Ouro, Curupira e Boitatá. No entanto, para surpresa de todos, antes que o Saci fizesse a primeira pergunta, Negrinho revelou:

— Já sei quem é o culpado!

— Ohhhh! — foi o comentário geral, inclusive do Saci. Como seria possível o Negrinho ter descoberto tudo assim tão rápido? Saci não fazia ideia! E você, faz?

Para começar, aqui vão duas dicas:

1. Preste atenção nas palavras coloridas da história: elas são as pistas!
2. Para entendê-las, é preciso ler atentamente as fichas de todos os personagens.

Quando você conhecer bem cada um deles e chegar às suas próprias conclusões, vá até a página 44 e leia o final da história para ver se acertou. (Mas antes disso, se não conseguir descobrir sozinho, não desanime; talvez você encontre outras pistas espalhadas por aí...)

O SACI

Todo mundo sabe que o Saci é um negrinho de uma perna só, que fuma cachimbo e usa uma touca vermelha. Mas... o que mais se pode saber sobre ele? Para começo de conversa, existem três principais tipos de saci. O mais famoso é o **Saci-Pererê**. Os outros são o **Saci-Trique** e o **Saci-Saçurá**. O Trique tem esse nome porque, quando as pessoas escutavam um *trique* na floresta — talvez o barulho dos galhos quebrando —, sabiam que esse saci estava por perto. Ele é moreno e, assim como o Pererê, tem uma perna só. A principal diferença é que a pele do Pererê é bem mais escura. Existe pouca informação sobre o Saçurá, mas parece que ele tem duas pernas e os olhos vermelhos, e não é nem claro como o Trique, nem escuro como o Pererê.

Nome: Saci (Pererê, Trique ou Saçurá)
Qualidade: bem-humorado
Defeito: bagunceiro
Hobby: assobiar pela floresta despistando as pessoas (é impossível saber se ele está perto ou longe pelo som do assobio)
Ponto fraco: a touca vermelha (quem pegá-la consegue o que quiser do Saci)
Ídolo: *Pererê*, de Ziraldo
Livro: *O Saci*, de Monteiro Lobato

O que todos os sacis têm em comum é o fato de serem bem aprontões. Eles adoram fazer trancinhas no rabo e na crina dos cavalos, assustar os viajantes pulando na garupa de suas montarias e pegar objetos das casas, entre outras coisas. Mas se são malvados ou não, depende do saci, porque cada pessoa conta de um jeito diferente.

Eles costumam andar pelas florestas fechadas e nas encruzilhadas. Existem muitas maneiras de pegar um saci. Como ele pode se transformar num redemoinho de vento, o jeito mais garantido é jogar um terço ou uma peneira sobre esse redemoinho, de preferência numa sexta-feira.

O LOBISOMEM

Nome: Lobisomem
Mania: perseguir galinhas
Hobby: uivar para a lua
Prato preferido: fralda de criança
Frase: "O homem é o lobo do homem." (Hobbes)
Tribo: das assombrações
Ídolo: *Lobisomem*, de Mauricio de Sousa

Desconfie de homens magrelos, amarelados e abatidos: eles podem ser lobisomens.

Como o próprio nome diz, o lobisomem é a mistura de lobo com homem; ou seja, um lobo de grandes proporções, que anda como um ser humano. Seus dentes são enormes, e os olhos, vermelhos.

Existem duas maneiras de alguém se transformar em lobisomem: se for o filho caçula de uma família de sete irmãos — todos homens —, ou se for mordido pelo próprio lobisomem.

Ele se transforma na noite de lua cheia, de quinta para sexta-feira.

Algumas pessoas garantem que é bonzinho, mas que, quando está sob encanto, não tem muito controle sobre suas ações.

Ele se transforma de novo em homem depois que o galo canta. Nessa hora, se alguém conseguir machucá-lo fazendo com que saia pelo menos um pouquinho de sangue dele, de preferência no dedo minguinho, a maldição é quebrada.

Dizem que é possível ouvir o barulho de suas enormes orelhas balançando quando ele se aproxima.

Curiosidade um: se o homem enfeitiçado for branco, vira lobisomem de pelo preto; se for homem negro, vira lobisomem de pelo branco.

Curiosidade dois: houve quem dissesse que, em vez de lobo, o homem enfeitiçado se transformava em porco.

A MULA SEM CABEÇA

A mulher que casa com padre vira Mula sem Cabeça. Essa mula, embora não tenha cabeça, solta, mesmo quando está chovendo, fogo pelas narinas e na ponta da cauda, e de suas patas saem faíscas. Alguns dizem ainda que ela tem espuma e sangue na boca.

O horário em que a Mula costuma aparecer é à meia-noite, de quinta para sexta-feira, até o galo cantar.

Ela soluça igual gente e relincha bem alto. Seus coices são muitíssimo fortes, assim como seus dentes.

O pelo dela é bastante escuro.

Para que não seja atacada, a pessoa não pode deixar que o bicho veja nem suas unhas nem os dentes.

O encanto é quebrado quando alguém consegue tirar o freio de ferro da cabeça dela. Se isso acontecer, ela voltará a ser uma mulher comum.

Nome: Mula sem Cabeça
Qualidade: extremamente forte
Defeito: permanentemente feroz
Prato preferido: olhos, unhas e dedos de gente
Tribo: das assombrações
Melhor amigo: o Cavalo sem Cabeça (o homem que casa com freira recebe a mesma maldição da Mula)
Frase: “Só não esquece a cabeça porque está grudada.”

A BRUXA

Pista secreta e superdiscreta: A Iara e o Negro-d'Água têm algo em comum.

É uma velha horrorosa que pode se transformar em uma mariposa negra ou em uma coruja. A bruxa é a primogênita ou a caçula de uma família de sete irmãs, se a mais nova não for batizada pela mais velha; quando isso acontece, o encanto se quebra. A moça vira bruxa na noite de sexta-feira. No entanto, ao cantar do galo ela volta ao normal. Dizem que chupa o sangue das crianças de até sete dias que não foram batizadas. A Bruxa se comporta sempre de maneira grosseira e vive dando gargalhadas estridentes. Quando está transformada, ela entra nas casas das pessoas por qualquer vãozinho.

Nome: Bruxa
Defeito: mal-educada
Qualidade: poderosa
Hobby: voar de vassoura
Bebida: cachaça
Mania: de cumprimentar sempre com a mão esquerda
Frase: “Não acredito em bruxas, mas que elas existem, existem.”

O CURUPIRA

É considerado uma espécie de duende protetor das florestas. O Curupira é um menino veloz que tem os dentes azuis ou verdes, o cabelo ruivo e os pés virados para trás. Assim, quem tentar seguir suas pegadas será facilmente despistado, pois caminhará na direção contrária.

É considerado o guardião das árvores porque, sempre que uma tempestade se aproxima, ele bate em seus troncos para alertá-las. Mora dentro de uma árvore oca.

Uma das maiores diversões do Curupira é atrapalhar as pessoas que se atrevem a andar pela floresta: faz com que elas se percam, provoca esquecimentos e tudo mais que se pode imaginar. Dizem que ele assusta e maltrata os índios — que morrem de medo dele.

Se uma pessoa for perseguida por ele deve deixar, pelo caminho, cipós cheios de nós: é que o Curupira não resiste à tentação de parar para desfazê-los.

Nome: Curupira
Tribo: ecológica
Qualidade: ágil
Defeito: inquieto
Frase: “Eu acredito em duendes.”
Mania: ficar rindo das vítimas que caem nas armadilhas
Melhores amigos: Saci e Caipora

O CAIPORA

A aparência do Caipora, também conhecido como Caapora, varia um pouco em cada região do Brasil. Talvez a mais conhecida seja a de um homem gigantesco e forte, coberto de pelos negros, que anda cercado de porcos-do-mato e monta um deles, geralmente o maior. Carrega, de vez em quando, uma lança de ferro. Ele tem um dom muito importante: o de ressuscitar animais. Sua maior preocupação é protegê-los. Por isso, sempre prepara muitas armadilhas para os caçadores. Aparece nas encruzilhadas e nas curvas das trilhas, e, às vezes, principalmente quando há alguma festa, ele se disfarça e se mistura com a população. Dizem que traz azar — o famoso *caiporismo* — para quem cruzar seu caminho.

Nome: Caipora
Tribo: ecológica
Prato preferido: fruta e mel
Adora: companhia
Detesta: caçadas
Melhores amigos: Boitatá e Curupira
Frase: "Um dia é da caça; o outro, também."

O BOITATÁ

Aparece na forma de uma enorme cobra transparente, de fogo amarelo e azul, triste e frio, e arrasta-se sozinho pelo mato. Seus olhos irradiam uma luz intensa. É originário de uma cobra chamada *boiguaçu*.

Alguns dizem que, apesar de ser feito de fogo, ele vive na água. Por onde passa, deixa um rastro de luz. E essa luz é tão forte que, se alguém olhar diretamente para ela, poderá ficar cego.

Nunca aparece no inverno.

Em algumas regiões do Brasil, pode ser visto também como um enorme touro negro que possui um olho brilhante bem no meio da testa.

Para proteger a mata das pessoas que fazem queimadas, ele se transforma num pedaço de madeira chamado *méuan*, que queima quem o toca.

A pessoa que o encontra deve fechar os olhos e ficar parada, sem se mexer, até ele sumir; caso contrário, ele a perseguirá até alcançá-la. Uma outra saída é jogar um objeto de ferro sobre ele.

Nome: Boitatá
Lugar: Minas Gerais
Frase: “Proteja sempre a natureza.”
Tribo: ecológica
Defeito: impiedoso
Qualidade: dedicado
Prato preferido: carniça e olhos de animais

O ANHANGÁ

O Anhangá é um espírito que vive nas matas do Amazonas e aparece nas noites de luar. Tem a forma de um cervo branco ou vermelho — embora este último seja mais raro —, olhos de fogo e uma cruz na testa, e seus chifres são cobertos de pelos. Quem o vê corre o risco de ser tomado por febre ou loucura.

Algumas pessoas acham que ele é um espírito mau; outras, que é até divertido. Mas todas concordam em dizer que ele protege a floresta, os animais e, principalmente, os filhotes.

Há quem acredite que, caso esse lendário ser seja abatido, sua carne não poderá servir de alimento para o ser humano.

O Anhangá ajuda as pessoas que forem atacadas por animais ferozes caso chamem por ele.

Nome: Anhangá
Apelido: Ainhã
Lugar: Floresta Amazônica
Hobby: fazer caminhadas na floresta
Mania: mastigar o cano das espingardas dos caçadores
Tribo: ecológica
Frase: "A Amazônia é nossa."

Megapista muito bem escondida: o hobby do Minhocão é decisivo para provar se ele é culpado ou inocente.

A ALAMOA

Alamoa era uma linda rainha de longos cabelos dourados, cujos olhos azuis brilhavam como estrelas — os próprios nativos a chamaram assim porque queriam na verdade dizer "alemã". Ela habitava um magnífico castelo em um reino encantado na ilha de Fernando de Noronha, antes de os europeus chegarem por lá.

Quando isso aconteceu, porém, o reino todo se desfez, transformando-se na paisagem cheia de rochas que hoje existe.

Algumas pessoas que moram na ilha ou passam por ela dizem ainda ver a alma da bela rainha, ou pelo menos a sombra dela, vagando pelas praias e morros às sextas-feiras, ou no dia anterior a uma grande tempestade. Pode-se ouvir os cães uivando enquanto ela passa.

Os homens, quando a veem, ficam encantados com sua beleza e se apaixonam. Não sabem, entretanto, que, caso se aproximem, ela virará uma caveira e os aprisionará dentro das rochas para sempre.

Nome: Alamoa
Lugar: o pico da ilha que um dia foi a torre do castelo
Melhores amigos: os cães
Frase: “As aparências enganam.”
Ponto forte: charme
Ponto fraco: solidão
Mania: dançar diante dos relâmpagos

O Minhocão

O Minhocão, como você deve imaginar, é uma minhoca gigantesca, negra e de corpo mole, que se move por baixo da terra provocando tremores no chão.

Quando a terra tem grandes buracos ou mesmo alguma espécie de túnel, pode ser um sinal de que o Minhocão passou por ali.

Ele aparece principalmente em lugares onde as pessoas se comportam mal.

Também vive nas águas escuras dos rios, em especial quando há redemoinhos, e costuma comer iscas, pequenos animais e até crianças.

Além disso, possui o péssimo hábito de virar barcos e engolir tudo que cai perto dele com sua boca enorme.

Nome: Minhocão
Lugar: Itapetininga, no interior de São Paulo
Prato preferido: terra bem fresquinha
Hobby: cavar túneis
Qualidade: flexível
Defeito: molenga
Brincadeira: cobra-cega

A MÃE DO OURO

Nome: Mãe do Ouro
Cor: dourada
Mania: mudar de casa com frequência
Qualidade: determinada
Defeito: materialista
Sonho: descobrir o segredo do Rei Midas
(todos os objetos em que ele encostava viravam ouro)
Frase: “A riqueza não traz felicidade... para os outros!”

Ninguém sabe ao certo onde ela mora: alguns acham que é dentro da terra, e que, de vez em quando, sai com seus cabelos repletos de estrelas e iluminada por raios de todas as cores. Outros a veem brilhando no fundo de um rio, e garantem que quem nele mergulha em busca de ouro nunca sobrevive. Mas a maioria concorda com o fato de que a Mãe do Ouro é vista, daqui da Terra, como uma grande bola de fogo que sai de dentro de um rio, cruza todo o céu e cai bem no local onde existir ouro para ser descoberto ou desenterrado. Só que nem sempre é assim tão prestativa: às vezes ela esconde o ouro dos homens, e os gananciosos que tentam ir atrás dela acabam se perdendo.

Pode-se ouvir o barulho de sua cauda brilhante, mas ela só aparece em noite escura que não tenha nenhuma estrela. Tem a pele branca e os olhos muito verdes.

Dizem que quando há trovões e raios, é sinal de que ela está procurando um novo lar.

O NEGRO-D'ÁGUA

Redemoinhos sob o barco e sons estranhos vindos das águas do rio podem ser sinais da presença do Negro-d'Água.

Ele é uma mistura de homem e anfíbio, com membranas entre os dedos e pés iguais aos de um pato.

Não possui cabelos, mas sua cabeça tem um tipo de crista.

Já foi descrito também como sendo metade homem, metade macaco, com dentes afiados e cabelos de cor negra escorridos sobre os olhos.

Mora em uma imensa caverna submersa que abriga um tesouro.

Ele aparece do fundo dos rios para assustar as pessoas ou para virar canoas de pescadores que não lhe oferecem comida. Por isso é comum que os barcos tragam carrancas — monstros esculpidos especialmente para afastar o Negro-d'Água.

Nome: Negro-d'Água
Lugar: Rio São Francisco
Prato preferido: peixe
Ponto forte: a pele (ele não pode ser ferido por balas de revólver)
Hobby: mergulho
Cor: verde-água
Livro: *20 000 léguas submarinas*, de Júlio Verne

A IARA

Pista extremamente camuflada: a Alamoa não aparece se não houver sinal de chuva, a não ser que seja uma sexta-feira.

A Iara pode ser considerada a sereia brasileira. A diferença é que ela vive no rio, em vez de no mar, e não tem cauda de peixe.

É uma morena belíssima, com longos cabelos negros e olhos grandes, da mesma cor. Ela costuma se enfeitar com muitas flores.

Gosta de aparecer à noite, quando põe sua cabeça fora da água para cantar. Seu maravilhoso canto envolve os homens que por ela passam. Quando já estão totalmente encantados, ela os leva para o fundo das águas do rio onde mora — provavelmente o Amazonas.

Quem consegue voltar relata ter visto uma cidade submersa lindíssima e suntuosa, pedras preciosas e cores das mais variadas.

Às vezes, no entanto, a Iara resolve manter seu segredo, fazendo com que o homem fique mudo ao retornar para a terra.

Nome: Iara
Apelido: Mãe-d'Água
Qualidade: encantadora
Defeito: vaidosa
Hobby: fazer magias
Adora: música
Detesta: fofoca

O NEGRINHO DO PASTOREIO

O menino conhecido como Negrinho do Pastoreio era um pequeno escravo que se dizia afilhado de Nossa Senhora, por ser órfão. Certo dia, seu patrão, um homem cruel, resolveu apostar uma corrida de cavalo com o vizinho e pôs o pequeno escravo para montar. Negrinho, no entanto, perdeu a corrida e, como castigo, seu dono mandou que o chicoteassem.

Naquela mesma noite os cavalos da fazenda fugiram, assustados, e o filho do patrão — que era tão maldoso quanto o pai — pôs a culpa no Negrinho, que levou outra surra e ainda teve que procurá-los.

Graças à ajuda de Nossa Senhora, que iluminou o caminho por onde ele andava, os cavalos foram encontrados. Mas o filho do patrão soltou-os novamente, mais uma vez culpando o Negrinho. O fazendeiro ficou tão furioso que mandou que os capangas, além de darem outra surra no menino, o atirassem em um formigueiro, e todos pensaram que ele tivesse morrido.

Para a surpresa geral, porém, o Negrinho, que sempre rezava para Nossa Senhora, apareceu iluminado ao lado dela, montando o cavalo da corrida, e trazendo todos os outros cavalos perdidos do fazendeiro. O homem caiu de joelhos, arrependido. E, a partir desse dia, as pessoas passaram a acreditar que, se alguém perder um objeto, deve pedir ajuda ao Negrinho do Pastoreio, que logo o encontrará.

Nome: Negrinho do Pastoreio
Melhores amigas: as formigas
Adora: cavalgar
Detesta: injustiça
Tribo: da paz
Lugar: Pampas Gaúchos
Mania: olhar para o chão, procurando objetos perdidos

O FINAL, AFINAL

— Como você pôde fazer isso comigo? — perguntou o Saci, surpreso e decepcionado.

— Quem disse que fui eu?! — o amigo se defendeu.

— O Negrinho me contou!

— E como ele pode ter certeza disso? — voltou a questionar o suposto ladrão.

— Ora, é muito simples... — explicou Negrinho. — Se a noite anterior, quando a touca foi roubada, não era noite de quinta nem de sexta-feira, podemos dizer que estão livres de culpa a Mula sem Cabeça, a Bruxa e o Lobisomem, porque o encanto só permite que saiam nesses dias.

— É isso mesmo! — berrou a Bruxa, estridente.

— Uuuuuuuuuufa! — suspirou o lobisomem.

A Mula preferiu não dizer nada. (Quer dizer, na verdade ela não podia dizer nada, porque não tinha cabeça.)

— Como não vai chover hoje, eu também não poderia ter estado por lá ontem — disse a Alamoa.

— Pois eu só apareço quando a lua está bem visível e brilhante — explicou o Anhangá.

— Bom, eu só saio em noites completamente escuras — tratou logo de dizer a Mãe do Ouro.

— **E eu não saio no inverno** — rugiu o Boitatá, com sua voz cavernosa.

— Como não existia água por perto, eu e o Negro-d'Água também ficamos fora de suspeita — garantiu a Iara.

— Então, por não haver buracos na terra ou rastro, o Minhocão não poderia ter passado por lá — concluiu o Caipora.

— Seguindo o mesmo raciocíniooo, não havia encruzilhada nem trilhaaa, lugares onde o Caipora geralmente apareceee — finalizou o Minhocão, fazendo uma espécie de eco com seu vozeirão. — O único que sobrooou, portantooo, foi o Curupiraaa.

Nesse momento, um silêncio profundo tomou conta da floresta.

— E eu que achava que você fosse meu amigo! — reclamou o Saci.

— Mas eu sou! — disse o Curupira.

— Ah, é? E pegou minha touca por quê?

— Ora, Saci... Se você é meu amigo também, deveria saber que eu não faria nada contra você. Acontece que estou cansado de ter azar toda vez que encontro o Caipora. E todo mundo sabe que quem pegar sua touca pode conseguir o que quiser de você. Então resolvi fazer isso pra ver se você tira essa maldição que ele transmite, porque assim poderemos acompanhá-lo nas festas da cidade.

— Ah, era isso?! Agora entendi... — disse o Saci. — Bom, como está todo mundo reunido, vamos aproveitar e fazer uma festa agora mesmo, aqui na floresta!

— Uhuuu! — gritaram animados, enquanto a Iara se oferecia para cantar e os demais já corriam para preparar som, comida e bebida.

Assim, o Caipora nunca mais deu azar para ninguém. Quer dizer, para quase ninguém: a não ser para os caçadores!

BIBLIOGRAFIA

ARAÚJO, Alceu Maynard. *Folclore nacional: festas, bailados, mitos e lendas*, v. I, São Paulo, Edições Melhoramentos, 1964.

CASCUDO, Luis da Câmara. *Lendas brasileiras*, Rio de Janeiro, Edições de Ouro, [s/d].

________. *Geografia dos mitos brasileiros*, Rio de Janeiro, Livraria José Olympio Editora S.A., 1976.

FELIPE, Carlos; MANZO, Maurizio. *O grande livro do folclore*, Belo Horizonte, Editora Leitura, 2000.

MAYNARD, Alceu. *Brasil: histórias, costumes e lendas*, São Paulo, Editora Três, 1993.

MELLO, Anísio. *Estórias e lendas do Norte e Nordeste*, São Paulo, Livraria Editora Iracema Ltda., 1997.

________. *Estórias e lendas de São Paulo, Paraná e Santa Catarina*, vols. I e II, São Paulo, Livraria Editora Iracema Ltda., 1997.

________. *Estórias e lendas de Goiás e Mato Grosso*, São Paulo, Livraria Editora Iracema Ltda., 1997.

MEYER, Augusto. *Guia do folclore gaúcho*, 2ª edição, Rio de Janeiro, Presença Edições, 1975.

NETO, J. Simões Lopes. *Lendas do Sul*, 11ª edição, Porto Alegre-Rio de Janeiro, Editora Globo, 1983.

SANTOS, Theobaldo Miranda. *Lendas e mitos do Brasil*, 6ª edição, São Paulo, Companhia Editora Nacional, 1982.

TEIXEIRA, José A. *Folclore goiano: cancioneiro, lendas, superstições*, 3ª edição, São Paulo, Companhia Editora Nacional/ MEC, 1979.

WOLFF, Emílio Silvestre. *Nosso folclore*, v. I, São Paulo, Edições do autor, 1985.

pondentes ao

onha

IV. Associação de ideias

Complete o quadrinho de cada mito com as informações corres
seu contexto e espaço geográfico:

Ex.: Alamoa | reinado | Fernando de No

Negrinho do Pastoreio

Anhangá

Mãe do Ouro

Negro-d'Água

Floresta Amazônica — pescaria — Minas Gerais e Paraná — escravidão —

Atividad

O MAIS LEG
DO
FOLCLOR

Por que "O mais legal do folc

Porque entre os vários temas re
tumes etc.), ***os mitos*** exercem u
e... divertida na abordagem aq

Procurou-se transmitir informa
estéticos adequados a um público in

Por meio de um enredo bem-humorado,
de algumas pistas, as curiosas inform

Que os nossos jovens leitores
o mistério da história, mas s
saberá conduzir.

O MAIS LEGAL DO FOLCLORE

Autora Luciana de Almeida Garcia

Ilustrações Roger Cruz e Bruna Brito

Suplemento de atividades Luiza M. A. Garcia

Editora Saraiva, 2012

Sugestão de ano a partir do 2º

Objetivos

* Motivar o prazer da
* Propiciar a reflexão
dos pela obra.
* Oferecer possibilidac
aspectos da comunic
* Desenvolver criativi

I. Explorando o assunto

1. Como surgiram esses mitos no Brasil?

Os mitos, em geral, surgiram em decorrência de histórias transmitidas oralmente pelo povo de uma ou várias regiões do país, enfocando temas sociais como ambição, defesa da natureza, religião e moralidade.

O educador pode ajudar os alunos a refletir sobre o importante papel do folclorista, de coletar essas histórias por meio do depoimento e da pesquisa de campo em diferentes locais do Brasil. Como sugestão, o professor poderia incentivá-los a colher depoimentos de pessoas mais antigas sobre relatos e costumes de sua época ou região.

2. Quem é o culpado?

A autora utiliza a metalinguagem quando propõe, com o bilhete do Negrinho do Pastoreio, que o leitor decifre um mistério. Para facilitar essa tarefa, pistas são espalhadas pela história em três diferentes níveis:

A) nas palavras coloridas;
B) nas fichas de informações sobre os mitos, de um modo geral;
C) nas frases ocultas nas ilustrações, que gradativamente tornam-se mais fáceis.

O ideal é que o educador incentive o aluno a raciocinar de acordo com as suas próprias condições de entendimento e interpretação do texto.

II. Foco narrativo: narrador onisciente

Quem conta a história? Para quem o narrador a está contando? (Lembramos aqui que o uso das cores nas "pistas" é um dos recursos do narrador para se comunicar com o leitor.) O narrador mostra o pensamento do personagem? Estas são sugestões de questionamentos que poderão ajudar os alunos a entender alguns aspectos do processo narrativo.

Um grupo de alunos poderia também elaborar uma apresentação de cada mito para a classe, transformando para a narrativa em 1ª pessoa as informações das fichas dos personagens.

III. Comportamento e ética

O Saci disse que não roubava; que só pegava emprestado. Na situação dele, havia mesmo diferença entre essas atitudes?

O Curupira tinha boas intenções, mas isso justificaria pegar a touca do Saci?

Que atitudes o Negrinho do Pastoreio teve com relação ao Saci?

Rio São Francisco — ecologia — Pampas Gaúchos — mineração

V. Entrevista

Os mitos, por serem famosos, deram à autora uma entrevista chamada de "pingue-pongue" na linguagem jornalística, na qual o entrevistador sugere apenas uma ideia e o entrevistado responde da forma mais simples possível, geralmente com uma só palavra.

Você gostaria de responder a uma entrevista também? Ou então ser o repórter e escolher alguém para entrevistar? Aqui vai a ficha. Você pode até ampliá-la segundo seus interesses e ideias.

Nome: ______________________________

Melhor amigo(a): ______________________________

Defeito: ______________________________

Qualidade: ______________________________

Hobbies: ______________________________

Música: ______________________________

Filme: ______________________________

Ídolo: ______________________________

Prato: ______________________________

Cor: ______________________________

Livro: ______________________________

Lugar: ______________________________

VI. Fazendo arte

Os mitos foram representados nesta obra por ilustrações de Roger Cruz e Bruna Brito. Que tal escolher um ou mais personagens e desenhá-los também?

Dar uma espiadinha nas ilustrações pode sugerir algumas ideias, mas procure utilizar cores e detalhes de sua própria escolha.

Se você prefere trabalhar com outros materiais, pode usar argila, tecido, linha, tinta, botões, palitos de sorvete ou qualquer outro que lhe agrade para reproduzi-los. Bom divertimento!

Respostas

I. Havia uma "CPPI" para investigar um suposto crime, uma referência à CPI — Comissão Parlam
gritam "Uhuuu!". II. Resposta pessoal do aluno. III. 1b; 2d; 3c. IV. Negrinho do Pa
Ouro — mineração — Minas Gerais e Paraná; Negro-d'Água — pescaria — Rio São Francisco.

III. Teste rápido

1. Para proteger o mato das queimadas, o Boitatá se transforma em:

A) um rio

B) um pedaço de madeira

C) uma pedra

D) um fósforo

2. O Caipora tem o dom de:

A) ressuscitar caçadores

B) reflorestar a mata

C) reaver objetos perdidos

D) ressuscitar animais

3. A Iara vive em:

A) um oceano

B) uma cachoeira

C) um rio

D) uma estrela

Que tal você bolar seu próprio teste com as informações das fichas dos personagens? Você poderia até criar um jogo de perguntas com seus colegas. Ou mesmo inventá-lo utilizando as matérias de História, Geografia, Ciências, Inglês e o que mais puder imaginar!

entar de Inquérito; os personagens correram para preparar o som da festa; quando os personagens
tório — escravidão — Pampas Gaúchos; Anhangá — ecologia — Floresta Amazônica; Mãe do
V. Resposta pessoal do aluno. VI. Resposta pessoal do aluno.

São exemplos de comportamento que merecem uma reflexão pelo fato de poderem ser adaptados a situações que ocorrem em nosso cotidiano.

IV. Dramatização

Por causa da estrutura predominante de diálogos, adaptando-se algumas partes a um narrador, o texto também poderia ser apresentado em forma de dramatização, oferecendo interessantes alternativas de trabalho em equipe.

V. Temas transversais

* **Ética:** comportamento dos personagens. Exemplo: a manipulação do uso das palavras para a autojustificativa de uma atitude moralmente errada (pegar emprestado X roubar).
* **Meio ambiente:** a preocupação com a defesa da natureza e do meio ambiente faz-se representar por vários mitos: o Anhangá protege a floresta, os animais (assim como o Caipora) e principalmente os filhotes; o Curupira é o guardião das árvores e o Boitatá protege o mato das queimadas, para citar alguns exemplos que propiciam a discussão de problemas ecológicos como o desmatamento, a conservação do solo e a extinção das espécies.
* **Pluralidade cultural:** embora a floresta do livro se enquadre em um universo fantástico criado pela autora, ao pesquisar as fichas de informações os alunos perceberão que os mitos são originários de diferentes regiões e contextos socioculturais do Brasil. Orientar os alunos para que identifiquem essas diferenças é mais uma sugestão de exploração do material didático.

Ainda no tópico da pluralidade cultural, o educador pode iniciar uma discussão sobre mitos famosos de outros países — ninfas, ciclopes, fênix etc. — valorizados pela literatura: *Os Lusíadas*, *Odisseia* e, na atualidade, *Harry Potter*, são alguns exemplos.

VI. Interdisciplinaridade

O tema dos mitos engloba diversas épocas (história), lugares (geografia), problemas ecológicos (meio ambiente) e sociais (estudos sociais). O texto possibilita uma abordagem gramatical da língua portuguesa e dos elementos estruturais da narrativa.

A beleza das ilustrações e a colorização do livro propiciam um ótimo aproveitamento do material para educação artística. As atividades propostas aqui aos alunos exemplificam a interação dessas disciplinas.

des para mediação de leitura

Caramelo

GAL

E

ore"?

icionados ao folclore (provérbios, canções, festejos, parlendas, trava-línguas, cos-
na fascinação maior por sua característica sobrenatural, misteriosa, surpreendente
i proposta.

ões equilibradas sobre o assunto em questão, respeitando-se os padrões éticos e
ntojuvenil.

a autora convida o leitor a se envolver na narrativa e a pesquisar, com a ajuda
ações sobre os folclóricos personagens.

e concentrem, discutam e tirem suas conclusões, não somente sobre
bre todas as possibilidades que o educador, com sua habilidade,

itura por meio de um texto interativo.

o assunto relacionando-o aos temas transversais abrangi-

s pedagógicas para que o educador desenvolva importantes
ão da língua, inteirando-os com outras disciplinas.

de e aspecto crítico nos jovens leitores.

NOME ______________________________

ANO ______________________________

ESCOLA ______________________________

I. Antigo x moderno

Você sabia que alguns mitos como o Anhangá já são mencionados em narrativas do século XVI, como, por exemplo, nas cartas dos padres José de Anchieta, Manuel da Nóbrega e Fernão Cardim, para ter uma ideia de sua antiguidade?

Em *O mais legal do folclore*, entretanto, os personagens falam e se comportam de um modo bem atual, graças às possibilidades da recriação literária.

Em que ações ou diálogos identificamos esse comportamento moderno?

Ex.: O Saci guardava uma garrafinha de refrigerante.

____

____

____

____

____

II. Tinha pegado ou havia pegado a touca?

As duas formas estão corretas: **pegado** é o particípio regular do verbo e emprega-se com os verbos **ter** e **haver**.

É errado dizer **TINHA PEGO** ou **HAVIA PEGO**?

Alguns gramáticos informam que "há uma tendência" para que seja utilizado **pego** na forma ativa desses verbos (Domingos Paschoal Cegalla, *Dicionário de dificuldades da língua portuguesa*). Ou seja, alguns usam, mas nem todos aceitam.

Fica a critério do escritor, portanto, escolher o uso de acordo com a sonoridade, a elegância ou a intenção que ele considere mais adequada a seu texto.

E você? Considerando que **tinha** e **havia** estão corretos, qual dos dois você escolheria para completar a frase abaixo? Justifique o porquê.

Eu ainda não __________ pegado o dinheiro quando o ônibus parou.